**Based on characters created
by Jean and Laurent de Brunhoff**

Based on a story by Elaine Waisglass
Image adaptation by Van Gool-Lefèvre-Loiseaux
Produced by Twin Books U.K. Ltd, London

Published in Canada by PHIDAL

Printed and bound in Barcelona, Spain by Cronion, S.A.

BABAR™

Le Pianiste

Phidal

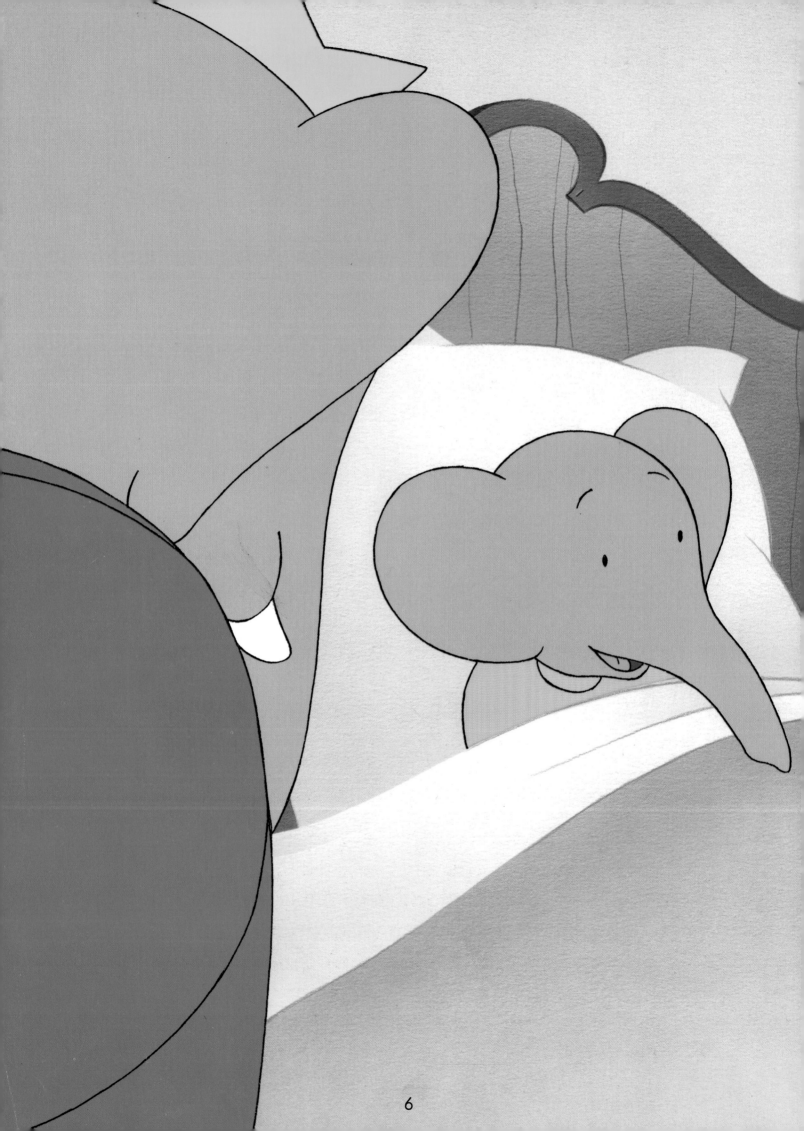

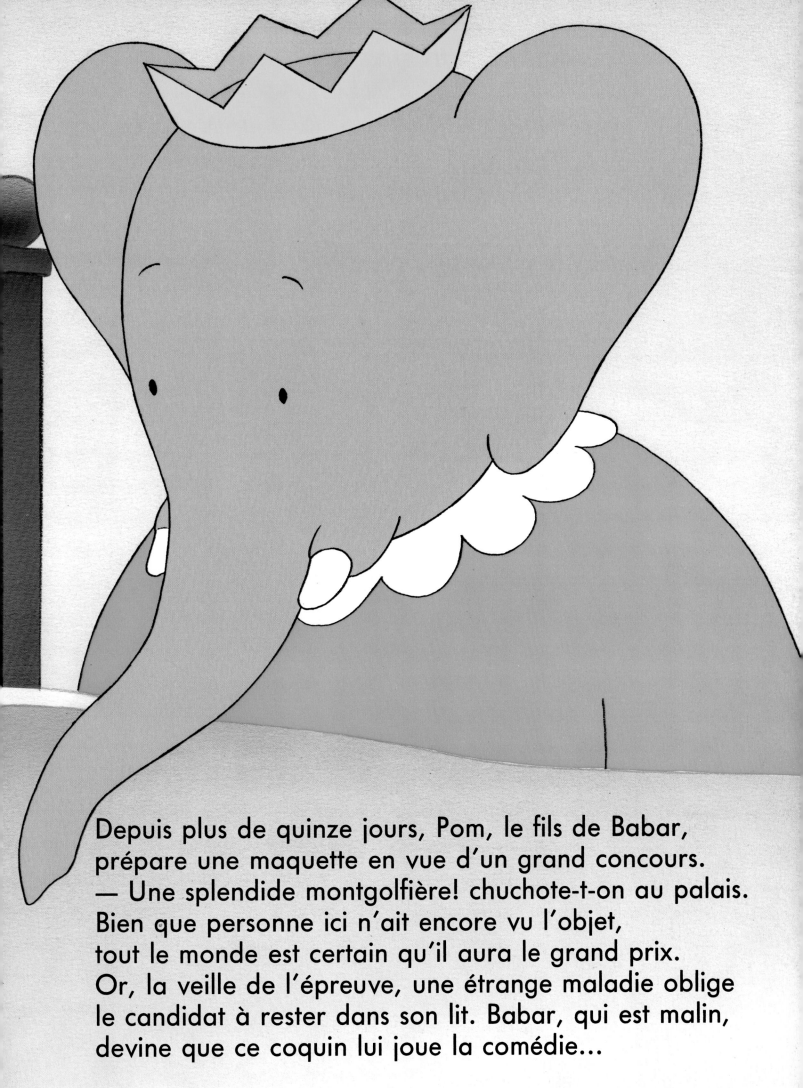

Depuis plus de quinze jours, Pom, le fils de Babar,
prépare une maquette en vue d'un grand concours.
— Une splendide montgolfière! chuchote-t-on au palais.
Bien que personne ici n'ait encore vu l'objet,
tout le monde est certain qu'il aura le grand prix.
Or, la veille de l'épreuve, une étrange maladie oblige
le candidat à rester dans son lit. Babar, qui est malin,
devine que ce coquin lui joue la comédie...

Or, comme il se rappelle
qu'il avait fait pareil
quand il était petit,
au lieu de le gronder,
il lui raconte ceci:
— Lorsque j'avais
ton âge, Glen Cool,
le grand pianiste,
accepta de venir
jouer à Célesteville.

Et moi, pour l'occasion,
il fallait comme toujours
que je fasse un discours.
C'était l'avis de Pompadour.
Or, cette fois, nom de nom, je dis non!

La Vieille Dame, au piano, venait de me donner
une bien meilleure idée: pour accueillir l'artiste,
je jouerais un morceau!
— Mais il faut des années pour apprendre le piano,
objecta Cornélius, même quand on est très doué!
— A moins de jouer « Frère Jacques »,
intervint la Vieille Dame, où « le Pont d'Avignon »...
— Pas question! m'écriai-je. Je jouerai « Charleston »,
le morceau préféré de Glen Cool lui-même!

Et comme j'étais le roi,
on ne me contredit pas. La Vieille
Dame arrangea la partition pour moi.

— Comme ça, tu pourras jouer aussi avec ta trompe,
m'expliqua-t-elle, gentille. Ce sera plus facile.
Puis, sans perdre une seconde, elle me donna une leçon.
Comme elle était habile! Ses doigts sur le clavier
étaient aussi légers que les miens étaient lourds.
Foi d'éléphant, il me faudrait des mois
avant d'en faire autant!

Or, dès qu'elle fut sortie, miracle! je devins virtuose,
un as, le roi des joueurs de jazz!
Et, pour le charleston, je ne craignais personne!
Avec ma trompe géniale et mes deux mains,
je faisais résonner toutes les notes de la gamme!

Avec mes pieds aussi!
A l'endroit, à l'envers,
même avec mon derrière!
Et hop!
Que le grand Cric
me croque
si je ratai une note!

Quant aux deux gros curieux qui écoutaient aux portes,
ils n'en revenaient pas : — Pour jouer aussi bien
après une seule leçon, il faut être très fort
et vraiment doué ! Telle fut leur conclusion.

Hélas! mes fameux dons
n'étaient qu'une illusion...
car cette belle musique
provenait d'un tourne-disque
que j'avais mis en marche
pour me donner du courage!

Mais lorsqu'il s'arrêta, je retombai
sur terre: j'avais tout à apprendre!
Do ré mi fa, fa mi ré do,
la musique, croyez-moi,
ce n'est pas si facile,
surtout quand on part de zéro!
Tandis que la nouvelle
de mes progrès étonnants
se répandait dans le château,
moi je peinais sur ma partition,
sans tirer une note juste
de ce maudit piano!

Puis, relevant la tête,
qui vis-je par la fenêtre?
Arthur, Zéphir, Céleste,
tous armés d'une raquette
et marchant d'un bon pas.
— Hé! les amis,
attendez-moi!
Vous n'allez
tout de même pas
jouer au tennis sans moi!

Mon sang ne fit qu'un tour : refermant le piano,
je courus les rejoindre sur le court. Après tout,
la musique attendrait bien un jour...

Mais, le lendemain matin, après quelques essais
tout aussi désastreux, je jouais aux dominos,
tandis que la radio diffusait un morceau qui faisait
croire aux autres que j'étais au piano.

Pourtant,
quand la Vieille Dame
vint me voir au travail,
j'étais bien décidé
à dire la vérité.
Hélas, persuadée
que j'avais déjà fait
de fabuleux progrès,
au lieu de m'écouter,
elle pianota pour moi
un passage délicat...
puis elle s'en retourna!

Les jours passèrent ainsi: chaque matin me voyait
plein de bonne volonté, mais je faisais mille choses
au lieu de travailler et, à la nuit tombée,
je n'avais rien appris! Quand j'allai le trouver,
Cornélius lui non plus ne voulut pas m'entendre:
— Approchez, cria-t-il, que je vous complimente!
— Mais non, vous vous trompez, tentai-je de protester.
— Et modeste avec ça! fit-il, plus fort que moi. Allons,
pas de manières, tout le monde vous trouve super!

Que faire après cela? Je sortis
du palais, pris mon cabriolet
et fonçai dans les rues en tâchant
d'oublier. Mais au premier carrefour,
qui m'arrête? Pompadour! Il avait,
paraît-il, une bonne nouvelle
pour moi. Je lui dis de monter,
et l'écoutai: Glen Cool, ayant appris
mes dons pour le piano, voulait jouer
avec moi, en duo! Je fus si stupéfait
que je restai sans voix...

27

Et la nuit j'ai fait un cauchemar!
J'étais seul sur une scène, et
les gens attendaient que je commence
à jouer. Mais dès que j'essayais,
toutes les notes s'envolaient!
Et le public riait, riait, riait!
A la fin, le clavier devint
une mâchoire dont les dents blanches
et noires voulurent me dévorer...

Je poussai un grand cri et je me retrouvai sain et sauf dans mon lit. Mais le brave Cornélius qui m'avait entendu accourut: — Que se passe-t-il, Babar?
— Oh! juste un petit cauchemar! Avec un verre de lait je me rendormirai...
Mais ce que je voulais, c'était le contraire: tout faire pour éviter de rêver à nouveau à cet affreux piano. Autrement dit: garder les yeux ouverts. Or, au bout de dix verres, c'est Cornélius qui s'endormit!

Pour ne pas faire comme lui, je courus aussitôt réveiller Pompadour. Il sauta de son lit en criant au secours!
— Il n'y a pas le feu, lui dis-je. Ce que je veux seulement, c'est que vous me lisiez le nouveau règlement.
— A cette heure, Majesté? Ça va prendre du temps!
— Justement! répondis-je. Lisez. Et très fort, s'il vous plaît!

Hélas! un règlement,
ce n'est guère passionnant.
Le pauvre Pompadour lisait toujours
que je dormais à poings fermés!

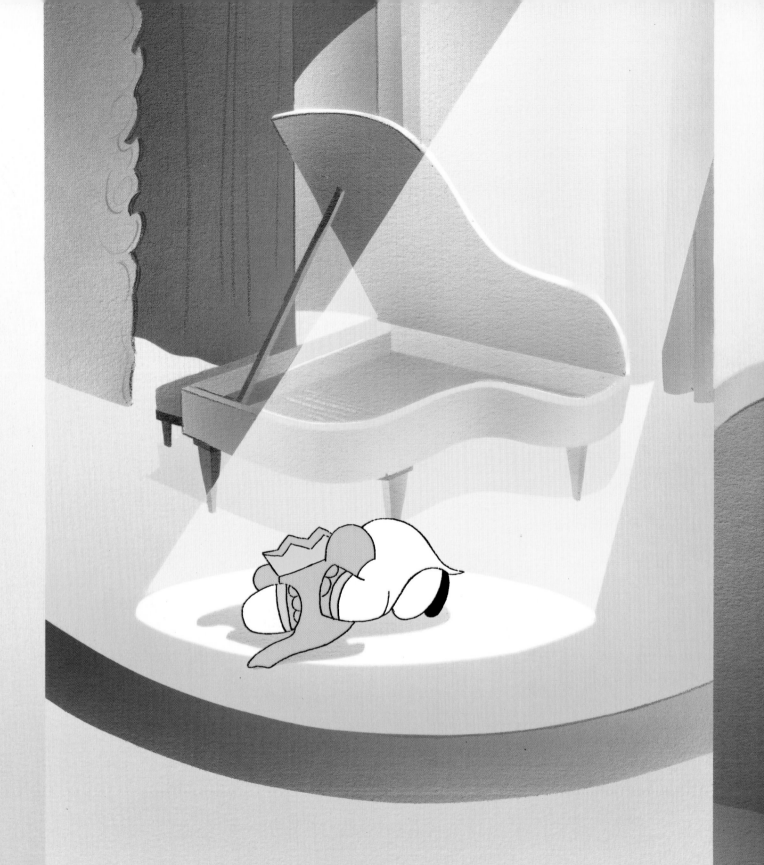

Et ce que je craignais se produisit, bien sûr:
je retrouvai le même cauchemar, et le même piano noir!
Mais, au lieu d'essayer d'en jouer correctement,
je me roulai par terre en larmes...

Et plus je sanglotais, plus le public riait!
Riait et m'insultait: — C'est une honte de se conduire
ainsi! Honte pour les pianistes et pour les éléphants!
Remboursez! remboursez!
— Honte aussi pour les rois! ajouta une grosse voix.
Qu'on lui ôte sa couronne, son titre et son royaume,
et qu'on l'emprisonne!

La peur me réveilla.
Je bondis de mon lit
et fonçai à toutes jambes
chez la Vieille Dame.
— Babar, s'écria-t-elle,
que t'arrive-t-il
à cette heure-ci?
Je ne réfléchis pas
et, pour la première fois,
je lui racontai tout.
— Lorsque vous entendez
de la musique chez moi,
ce n'est pas moi qui joue.
C'est un disque,
je l'avoue. Car je n'ai
rien appris du tout!
Et, sur ces mots,
j'éclatai en sanglots.
La Vieille Dame aussitôt,
prenant pitié de moi,
me consola.

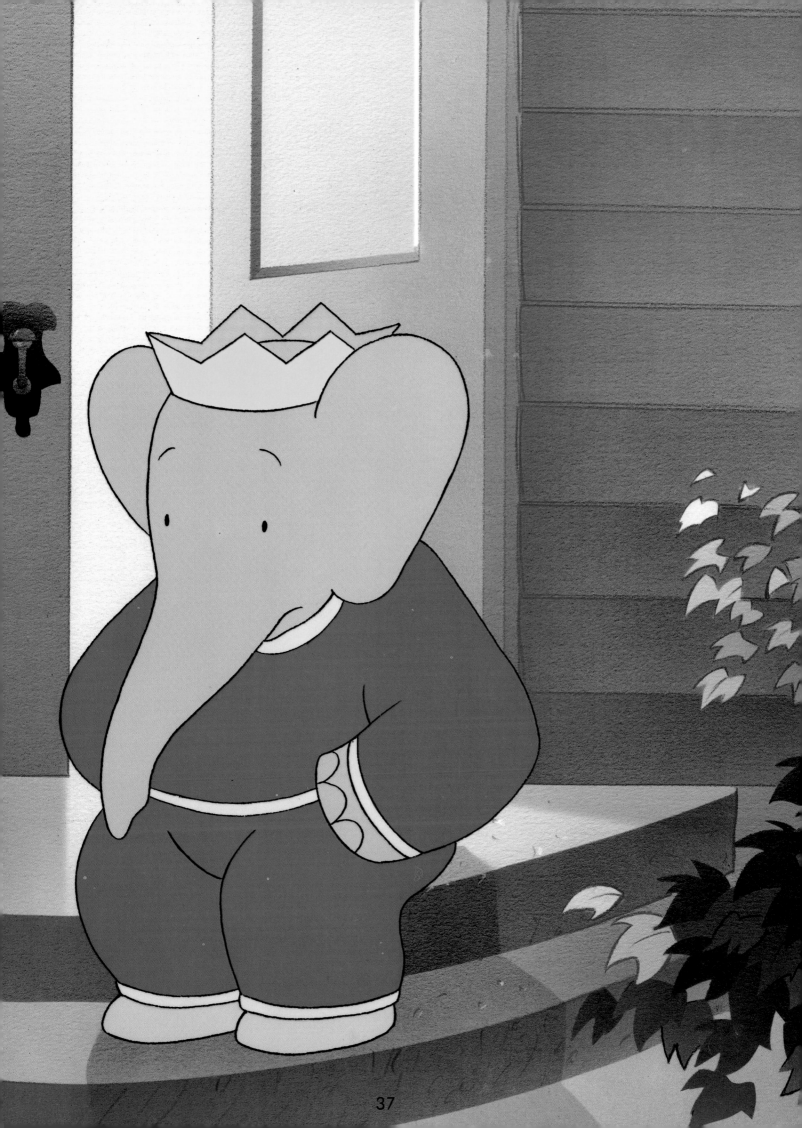

Et le jour du concert arriva. Le grand Cool était là.
Tout le monde l'applaudit quand Pompadour le présenta.
Tout le monde m'applaudit après lui, car j'y étais aussi!
Que s'était-il produit! Ma Vieille Amie
m'avait-elle tout appris en deux jours et deux nuits?...

Pas vraiment, hélas! Mais assez cependant
pour que je joue sans fautes « Le Bon Roi Dagobert ».
Après cela, Glen Cool attaqua le même air,
mais en y ajoutant des notes...

... des croches, des doubles croches
et tant d'accords divers que cette musique primaire
devint un vrai concert! Et quand ce fut fini,
le public ébloui nous fêta à grands cris!

— Bien sûr, conclut Babar, personne ne m'avait pris
pour un génie. Mais tout le monde fut ravi
de cette bonne plaisanterie. Beaucoup plus en tout cas
que si j'avais mal joué un air trop compliqué.
C'était une dure leçon, et je te garantis qu'à partir
de ce jour, je devins plus modeste dans mes ambitions!
Ne crois-tu pas, mon fils, que j'avais bien raison?...

Pom ne peut pas dire non: — C'est comme
ma montgolfière, avoue-t-il, penaud. Pour le concours,
j'ai vu trop grand, je veux bien l'admettre.
J'aurais dû présenter ma collection de pierres...
— Eh bien! réplique Babar, pourquoi ne le ferais-tu pas?
— Tout de suite, mon cher papa!
Et le coquin, soudain guéri, saute au cou de son père.